虹と旋律

小佐々進介

海鳥社

目次

虹と旋律

牧歌

平野の丘の　雨あがりに
ひっこぬいてきた　おきな草は
もってってるうちに　しおれてしまった

桜

献　池田ＳＧＩ会長先生

桜花は咲き乱れ　めじろは花びらにつどう
静まった光に　淡く清らかに
その昔　王朝の貴人らは団欒《まどい》の美酒《うまき》に
白雪ともまごう花吹雪をめでながら
歌を語り　人の世を語ったという
冬のたたずまいをはらい
にわかに花咲く　その姿は
生命《いのち》のなにかしら不可思議なるものにあふれ
つねに美しく若やいでいる

躍動する美よ！　燃えあがる美よ！
ひそやかに歌う花々よ！
もはや語りかけてくれることはないのだろうか
古代《いにしえ》の人の心を　花の心を
花に魅せられた古代の人々は
その美しい花々に
なにを見　なにを観じたというのだろうか
戦災の後　荒廃した国土に
焼け残ったひともとの桜は
春のめぐりくるたびごとに花咲いて
その美しい心で喪神の若人に
喜びと希望とを与えてくれたという

凋　落

ひややかな夜風よ　いずこへ　誘《いざな》わんとする
ためらいに　すすき　うつむきて
白き月　音もなく　堕ちゆかんとす

いますべてのものの没落のとき
哀悼の調べなるや　伶倫よ
目をとじて　そっと　笛をまさぐる
ふくよかな小指《さよび》に

亡びの季節いま　凋落の美　ひたすらに
つかのまの炎燃やせども　やがては
衰えの運命《さだめ》のおもむくまま

夜

古賀君に捧ぐ

白鳥《しらとり》は　水面ただよう
風もなく　かそけき嫩葉の
さやぎもなく

闇深く　静寂は鏡のごとく
いずこへと　思いはめぐる
白鳥の　闇にも染まず

高千穂の峰

天津光《あまつひかり》はそそぐ　浄らかに　そして静かに
はるか桜島には　噴煙が沸きたち
高千穂の峰に　大地の熱情は荒れ狂う

天津光と大地　その浄福と荒れ狂う熱情とが
あいまみえるとき　そこにはいつも歓びが芽ばえるのか

深山霧島《ミヤマキリシマ》は緋色に燃えたち
昼さえ暗い森に　幽玄なる霧はたちこめて

石斛《セッコク》は乱れ咲く

調和の美よ！　和合の極みよ！
音もなき韻律《しらべ》は　よろこばしき躍動を与える

すなわち　天と地は一草一木にも
うるわしき調悦を具足せしめ
内なる熱情を花と咲かせる
躍動であるのだ　天津光の認識は

入江

国武君に捧ぐ

元初《がんじょ》の韻律《しらべ》が　その聖なる絃から自然《じねん》に鳴りいでて
生きとし生けるものの　深奥に蘇るとき
一切すべてのものは　その躍動の喜悦に沸き起つのか
本有にして無作なるものを想起して
元初の韻律よ　自らに奏でる絃よ
おんみの不可思議微妙《みみょう》なる韻律は
音声《おんじょう》ありてなきかのごとく
一なる調和のうちに棲もうています
おんみの微妙なる美は　生きとし生けるものたちを

誘《いざな》い魅了してやまない
愛に沸き起つ多島海よ
そのなかのどれ一つとして　おんみの韻律が
息づき胎動していないものはない　太古のままに
足毛馬《あしげんま》*には成住壊空の生《いのち》の法則が花咲き
調悦の韻律よ　太古のその昔さながらに
こぼれ落ち　散らばれる旋律よ
おんみのもとへ佐々川はひたすらに　あこがれて
合一せんと流れ下る　谷間の早瀬を
歓びつつ　ためらいつつ
そしてすでに　おんみのうちに棲まうものたちは
おんみの光に　清らにひそやかに照り映えています
松浦島《まつらじま》には　愛の感激に
常磐木の緑が若返ってさゆらぎ

静謐のうちにやすらい
花咲く島よ　七ツ岳よ　その若やぐ胸は
情熱とあこがれとに
あらあらしくもときめき息づいて
鬱蒼たる森はさんざめき燃えたっています
だが　なおも荒れ狂っている雲仙岳よ
若々しい生よ　懊憂があるのか　混沌のうちにあるのか
洋上にそそりたつ火の山よ　寛やかな胸に
その新生の生に充てる顔をうずめて
生の律動よ　若やぐ韻律よ　生の深奥から
聖なる韻律が満ちあふれて　一つの入江に
そそぐとき　やわらかなそよ風に目覚めて
一切のものは躍りいでようとする
古びたもの　固定せるものを打ち破って

躍動している　生きとし生けるものたちは
さざめいている　一切すべてのものは
清らなる光に充たされて　澄みきったそよ風が
海面《うなも》をわたる入江よ　老樹生うる森に
椿の花が春を告げると　樹々は競って花咲く
海桐《とべら》が車輪梅が　そして楠の木が
美しい季節に花咲いて馥郁と薫っている
光射さぬ森の中にも　巌に豆蔦は
密生して胞子葉を伸ばし
海老根は清らにも花咲いていています
生に充てる森よ　そこではあたたかな光を求めて
すべてのものは新たなる生で生きようとする
悠久なる愛に　ふたたび目覚めて
生きとし生けるものたちは　本有のままに

躍動の花を咲かせようとする
働かさずつくろわずして　一切のものは
一なる調和のうちに棲もうています
森はなだらかに岸辺へすべり
鮮やかな緑陰を海面へひたす
漣に　光は雀躍として踊るが如く
潮騒の調べは協和する　そよ風に
さざめく葉ずれの音と　しかも
二つの調べがそれぞれの深奥を守りつつ
かそけくさやかに　そして幽遠に

一即一切よ　微妙なる旋律よ
茨と忍冬《すいかずら》の芳香は　そよ風の流れにかすかにただよい
南西の風は　生《いのち》の入江よ

あなたの胸の深処に憩い
不如帰《ほととぎす》は懐かしい故郷《ふるさと》の岸辺に
おのが悲嘆を癒すのか　あなたの花の褥に
波打ち寄せる断崖にも　花々は咲き競うている
巌を割って　たくましくも海桐は根をはり
わずかなすきまに深くくい入ろうとする
あたかも根が力瘤をつくって　巌をつかんでいるかのように
つつじさえ　夢の如くに花咲き乱れています
緋に　紅に
愛の入江よ　花咲く島々よ

若返った光は海原に明滅し
そよ風は花咲く入江のあたりに息づいて
一つの希望に充てる旋律を奏で

漣はひたすらに寄せては返す
愛の韻律は　鳴りいでてやまない
常磐木の茂る森に　光躍る海原に
一切の生きとし生けるもののうちに
そうだ　一つ一つの瞬間に　清らなる韻律は
わたくしを誘ってやまない　だから
わたくしも横笛をとろうと思う
聖なる旋律にあわせつつ
聖なる調悦よ　不可思議の躍動よ
元初のそのかみ　聖なる御名は奏でられていた
いまも　聖なる御名は　そのかみと同じく
嚠喨としてひびかい流れている
あの美しい椿生うる断崖に　白き蘭の香る島に
常磐木の茂り凡聖の同居する瑠璃の大地に

朝ごと　その若やかな光息づく岸辺に
当初《そのかみ》と同じく　聖なる旋律　聖なる御名は
すべてのものの奥蔵を成《ひら》こうとする
いまもそよ風は入江に息づき　海原をめぐり
すべてのものを抱いている　おんみの聖なる胸で
おんみの慈悲が吹きかようとき
すべてのものは蘇り　すべてのものは聖なるものとなる
そうだ　根源の御名こそが欠けていたのだ

雨の予感に　雨蛙が鳴くと　やがて
静けさにあたりはつつまれる
そして海原の彼方の空が　一点曇り
にわかに風がおこると　つかのまに風は吹き荒れ
暗く厚い雨雲からは大粒の雨が落ち始める

雨はやがて横なぐりに乱れ　遠くに間近に
稲妻はひらめきとどろく　嵐が来たのだ
春の嵐に　樹々はさんざめき　新緑は乱れて波打つ
椎の老木いっぱいに咲く花も
乱れる　飛び散る　吹き流される
だが驟雨はいよいよ激しく降り続き
地に落ちた葉も花も　泥にまみれて
なお雨に打たれている　嫩葉さえ
引きちぎられて宙に舞い
竹の林はあたかも　燃えたつ炎のように
ゆらめきゆれる
波濤たたきつけ　くだけ散る断崖には
潮のしぶきをあびてなお　海桐が松が
合歓《ねむ》がつつじが　緑豊かにさんざめき

それはときに　輝かしくも美しく波打ち
生に充てる舞いを乱舞するかの如くに息づき
木の幹にはりついた軒忍《のきしのぶ》は
瑞々しくも緑に蘇っている　そしてやがて
暗く覆っている雲が切れて　光が射すと
日照り雨はその一つ一つが　輝きながら降りそそぐ
樹海に　海原に
大空をまたぐ虹があらわれ　灝気は浄められて
新たなるそよ風は吹きかようています
そうだ　すべてのものは若返って生きている
嫩葉はいよいよ鮮やかに　忍冬の香気は
しめやかにうるおい
すべての水の帰するところ　妙なる海原よ
聖なる根源よ　おんみの愛と美がひたすところ

静寂の入江に　波濤打ち寄せる断崖に
旗魚《かじき》泳ぎ黒潮の洗う島々に　そして岬に
緑は鮮やかに　また　幾重にも深く茂り
どれ一つとして　生の躍動が横溢していないものはない
それはおんみの韻律が　あたかも
たゆみなく波が岸辺にうち寄せるように
生きとし生けるものたちの深奥へ
ひびかい流れているからなのか

＊ 足毛馬：山の名前。佐々川の河口付近にある標高一五〇メートルほどの山。

想起 Ⅰ

その狭間荒寥として
屏風なす絶壁に
シベリアおろしの
颪は疾駆し
波濤鳴りどよもして
砕け散る

雲の切れ間より
いくすじの射光はさして

照らす　海原を
また風雪に耐える松の林を
緑もあやに
調和の微笑《えまい》を
久遠《とわ》にぞ湛えて

そは潮の流れが
大地と島々にせめたてられ
狭められて奔騰するとき
潮の流れ
如何なる思想《おもい》ありてか
自らにその流れを変えて
東北へと進むゆえなるか

されど生《いのち》と豊穣に富めるものらは
生い育ちいや栄う
さなり　なべてのものら
沸き起ちかえる流れにありて
自らも
流れゆく運命《さだめ》まぬかれず
浮きつ沈みつ
流れ流さる
妙にも妙に
永恒の過去より
永恒の未来へと続きゆく
時の流れを湛えつつ

想起 Ⅱ

生月にて

松の林に　木もれ陽はゆらめき
しきつもる落葉のなかに
春蘭は花咲き　繻子蘭《しゅすらん》は群れ育つ
そよ風の足音に　喜んで耳を傾けつつ
生きとし生けるものらは
すべてのものを受けとめて
自らのあり方に思いを致す

沸き起ちやまず　生《いのち》に躍動するものらは

須臾《たまゆら》の生燃え　尽きはてて
あとかたもなく亡びゆくとも
自らを創造しゆくものらは
すべてのものの深奥をゆさぶる
蟬脱しゆく　永劫の　燃えたつ生によりて

若やぎ　そして美しく
島々の緑は栄え
多島海は照り映える
一切のものは調和のうちにやすろうている
ひそやかな光の中で

地涌の菩薩

そのとき地皆震裂して
虚空に住在し給う　地涌の菩薩*は
おんみらの放ち給う光明に
虚空明らけく厳飾《ごんじき》せられ
清澄《しょうちょう》なる天飆《てんぴょう》ぞ　吹きかよう

久遠の仏との邂逅に
喜びつつ　涙しつつ　おんみらは
地より涌き出でて　舞い踊り給う

生《いのち》の感激に充てる讃歌《ほめうた》にあわせて
同苦する菩薩よ！

されど受け入れ難い
廃三顕一の微妙《みみょう》の調べは
五千の上慢にはかえって侮られ
冷笑せらるるのみならず
さらに仇《あだ》まるること必定せり

されど奏でることをやめず　おんみらの横笛を
己心に行ぜしところの法音もて
生の創造を先導し給う

半ば開かれし　若き眼差しに

生の悲しみ湛えつつ
あたかも　夜明け前の静謐の
限りなく深き闇の如くに

＊ 地涌の菩薩：地涌とは大地より涌き出るという意味。『法華経』従地涌出品第十五に、娑婆世界の三千大千の国土の大地が震い裂けて、その中から無量千万億の菩薩が涌出した。これらの菩薩衆はみな金色《こんじき》の身であり、無量の光明を放ち、大地より涌出して、虚空の宝塔のうちにいます多宝如来、釈迦牟尼仏の所《みもと》に詣でた、とある。

運命《さだめ》のままに

いずこへゆくのか
明滅する波間を過ぎて　渡りの鴫は
断崖にかかる松
いよいよ緑あざやかに
はるかに山なみは
重畳としてたたなわり

北東へと　風は吹き去るのか
悠久の光にひそまって　九十九島の海原は

孤愁

白鳥《しらとり》は　流れゆく
しずしずと　しずしずと
輪陀王*の園を離れて

流れのままに
白鳥は　川面を下る
群を離れて
孤愁に口をつぐみつつ

緑陰に水面は陰る
重畳として　たたなわる
沙羅樹の林は
そびゆる嶺々は

＊輪陀王：古代インドの大王。日蓮大聖人の遺文集によれば、この王は白馬のいななく声を聞いて身も成長し、身心も安穏にして世を治められた。この白馬は、白鳥をみてなく馬だったので、多くの白鳥を集めて飼っておられた。それによって自身が安穏であるだけでなく、百官、万乗も栄え、天下も風雨は時に従い、他国も頭を低くして従った。ところが、あるとき白鳥が一時に飛び去ってしまったので、無量の白馬もいななくことをやめてしまった。そのため、大王は花がしぼんだように、月が欠けてしまったように、身の色つやも変わり、力も弱く、六根も朦朧として老いぼれたようになられた。百官、万乗は心配し、天は曇り、地は震い、大風、旱魃、飢饉、疫病と積み上げられた死人の肉は塚をなし、骨は瓦を積み上げたようにみえたので、他国からは襲われるありさまであった。そこで大王は、所詮神仏に祈るしかないと考えられ、白鳥を呼び集めて、白馬をいななかせたほうの法を崇めようと内外の僧におおせつけられた。そのとき、馬鳴菩薩という小僧が祈請申し上げたところ、たちどころに白鳥があらわれ、百千の白馬が一時に悦びないた。それによって大王の身の力、心の働きはさきざきに増すこと百千万倍に超え、后《きさき》、大臣、公卿、万民　掌《たなごころ》をあわせ、他国も頭を低くしてつき従ったという。

革命に寄す

鴫は再びめぐり来たって羽を休め
そして北へと向かう
春の訪れを知って　うなぎは
海原から川を遡る
悠久なる海原よ
静謐のうちにやすらう多島海よ
幼い頃からわたしの
悲しみは癒された　おんみの胸に
黒島は松の緑に照り映えて横たわり

桂島はやすろうている　ひそやかな胸のなかで
されど山脈《やまなみ》は杳々としてたたなわり
暗く乱れた雲ははてしなく続き
いくすじの射光は照らす　荒寥たる大地を
美《うるわ》しい国土よ　されど
いまおんみのなかより流れる韻律《しらべ》は
元初《がんじょ》の躍動に息づいてはいない
黒髪の山から神霊は去りて久しく
筑紫野の嶺々よ　おんみらの胸から
若やかな鼓動が響いてくることもない
どこへ消えはててしまったのか
感激に充てる生《いのち》よ　喜悦に沸き起つ生よ

いま諸々の精神は死滅せんとし
時代は混迷の深処へと突き入らんとす
されど人々は　この動乱の
よりて生ずるところの根源を知らずして
いたずらに焦燥に焦燥を重ぬ
ゆえに詩人《うたびと》は　人々の苦しみを
等しく苦しみ　憂い　もだえつつ
根源の一なるものを模索し
それを一つの譬喩として歌い奏でようとする
詩人の運命《さだめ》ぞ
人々の精神の深処に　実相の妙理を
一つの旋律として奏でゆくことは
亡びゆこう　砕け散ろう
わが精神よ　諸々の懊憂にさいなまれつつ

深淵へと落ちてゆこう

やがては　聖なるものよ
不可説の一なるものよ
おんみの若やぐ生が　元初の当初《そのかみ》と同じく
一瞬としてとどまることなく躍動し
生きとし生けるものの胸に想起されるときには
微妙《みみょう》の韻律《しらべ》は天地の間《はざま》に充ちわたるであろう
あの松生うる島に　鴫群れる岸辺に
まどろんでいるのか松浦島《まつらじま》よ
冷水岳は希望に燃えたつように
黒髪山は雄々しくたたずみ
筑紫野の山脈は　あたかも
群れ集う若人たちのように連なる

だがそのときまでは
わたしはわたしの決められた道を
ひとり静かに歩もうと思う

風蘭

夜深く
雨はしとどに降りしきる
ただ雨だれの音の
暗闇に　ひびくのみ

静寂は深く
冷やかな風に
あるかなきかにただよいて
風蘭は　夜にぞ香る

佐々川

山々は重畳として連なり
森の老樹は　いよいよその緑を増し
鬱蒼として茂りゆく
老樹の幹に　巌の上に
軒忍は根をはり　苔は青々として
十分な水分を含み
敷き積もった落葉のなかからは
様々の茸が生え出している
このような森から　佐々川も生まれ出て

海原を目指し
うなぎもまたあなたの流れに乗って
大海原へと向かう
すなわち　個性豊かなものらは下方へと向かうのだ
苔むす巌からしたたり落ちる水は
伏流水となって地下に染み
谷間にその姿をあらわす
谷の清水はためらうように
はじめて流れ出でる
しかしてはやくも　生まれ出でた流れは
なにものかにつかれたかの如く　落ち下る
渓谷の下　深淵の底へ
折り曲げられ　たたき伏せられ
瀧津瀬に砕かれて

豊かに水を湛えつつ
流れゆく川の土堤には
茨が茂り　実は赤く熟れ
力芝にも　馬唐《おいしば》にも
しとどに露はおりていて
平地に広がる稲田には　ひややかな光のなか
朝風にゆれて　稲穂は金色《こんじき》にさざめき
葉ずれの音はさやかにも
静謐のなかにひびかう
実りの秋《とき》が来たのだ
人々は早くも起き出して
子供たちまでが手に鎌を持ち
稲刈りに精を出す

東には韮岳、大岳
西には金比羅岳、城辻山《しろのつじさん》
太古の断層の底　平野のなかを
佐々川は流る　うねりつつゆるやかに
あたかも巨人《ティタン》の足どりの如く
大きく成長をとげて

されどひとときとしてとどまることはない
あなたの清らかな流れは
なぜなら　同苦し下方を目指しゆくことは
自我を宇宙そのものの自我へと拡大しゆくことゆえに
清らかな流れよ！　生《いのち》あふれる流れよ！　あなたはしかし
さらに勇敢に　その歩みを進め
自我を亡ぼして下方へと向かい

決定として薩婆若海*に入って
ついには同一鹹味となる
そこでは固有の水の香りは消滅して
名もなく非有もなく　本の名字は失われて
静寂さを湛えて　大海《わだつみ》の白き反照のみ
だがこのひそまった光の中に　住まい安らうものらは
滅不滅なる　永劫の灝気のなかに
限りなく躍動している
常磐木茂る島々は緑に燃えてさんざめき
明滅する波間をぬって千鳥はかけめぐる
すべては聖なる調和のうちに住もうています　妙なる調和よ！

だが潮の干満は常にとどまることはない
そうだ　ひとたびは海につき入った佐々川の流れは

薩婆若海の満ちゆく流れにのって　あえて
もとの河口に逆流し
独特の風土の岸辺をひたす
そこでは潮招きが踊り　飛び鯊《はぜ》がはね踊り
兜蟹が産卵する無量の生命《いのち》にあふれる住所なのだ
そしてときがくれば
故郷《ふるさと》の独自の香りを忘失することなく嗅ぎ分け
うなぎは懐かしい湖沼に帰り
群れなす鴫は　またもとの岸辺に舞いおり
浜木綿は生い茂る　新しい生《いのち》で
れんげの花に　平野は一面に染められ
茂り栄える森に鶲《ひたき》は帰り来たって囀り
美しく波打つ樹々の頂に
悠久なる光に照り映えて

砂岩の露頭は雄々しくも屹立し
山々はたたずむ　若やかな姿で
ああ　その河口では　一切のものは
美しくも躍動しているではないか
そこでは個々のものらは一切すべてのものであり
妙なる調和のうちにやすろうている
それは折られ　たたき伏せられ
否定に否定を重ね
一切のものを呑み干したもののみが住まう国土なのだ

＊　薩婆若海：薩婆若とは一切智と訳す。仏の智慧を広大無辺の海にたとえて薩婆若海という。一切智とは一切の法、一切の現象を解了する智慧のこと。

嵐

川はうねり流れて　はるかなる大地を
厚き雨雲覆いて
にわかになまあたたかな風が強まれば
乱れた雲間に稲妻走り
驟雨激しく　樹々を打ち　大地をたたく
雨水は轟きつつ谷を下り
狂奔する流れは　木の葉も土砂も
なまず　ぼら　どじょう　犬猫の死屍
あらゆるものを押し流し

海原へと突き入る

されど大海は拒むことなし
腐敗せるもの　汚穢なるものを受け入れて
憂えず　濁らず　死屍をとどめず
聖なる生《いのち》よ！　あなたの深処に
すべてのものは清められ
あなたの深処に　すべてのものはふたたび息づく
慈悲に充てる生よ！　躍動せる生よ！
すべてのものを悲しみ　耐え忍ぶあなたの心に
生の飛躍はありて
その流れは　しばらくも凝滞せず

ゆえに波立ち騒ぎ　押し寄せる波の

地響きたてつつ　巌に砕け
散りて飛沫と消えゆけば
島々の　緑に沸き起つ樹々は
いよいよもって増長し
連鷺草《つれさぎそう》は馥郁として香るのか
激しき驟雨の中にて

音声菩薩

音声菩薩よ　おんみは
清浄《しょうじょう》なる高処に住もうています
そこでは　おんみの慈愛に充たされて
すべてのものは息づき
すべてのものは生《いのち》の躍動に乱舞しています
おんみのひそやかな旋律《しらべ》は
生きとし生けるものの生を
やさしく励まし
とりもどさせて下さいます　若やかな生を

されどおんみは
懊憂多き裟婆世界に
あえて分け入り給いて
衆生と共に苦しみを同じくし給う
しかして転倒の衆生は
杖木瓦石をもっておんみに報いれど
深き愛のゆえに　獅子王の心をもって法を説き
如何にもして衆生の心を
開かしめんとし給う
かかる同苦しゆく心強きがゆえに
おんみは無限に自我を拡大し　ついには
無分別の法を証得し給う

凍てつく大地のしじま
間近な春にさきがけて
おんみは孤高なる旋律を奏で給う
妙なる微笑《えまい》を　その横笛に押しあてて
あたかも早春の空の彼方から鳴りいづるがごと
ひそやかに　ひめやかに　静溢のなかに響かう
おんみの聖なる旋律は

白鳥

川は流れ　枯れた葦原の間から
春の陽ざしを受けて　もはや
漣は明滅するのみ

旅立ちて去りぬ
美しき　白鳥《しらとり》は

朝な朝な
水面に浮かぶ　白鳥に

心は癒されていしものを

虹《にじ》と旋律《せんりつ》

■

2000年７月21日発行

■

著者　小佐々《こさざ》進介《しんすけ》

発行者　西　俊明

発行所　有限会社海鳥社

〒810-0074 福岡市中央区大手門３丁目６番13号

電話092(771)0132　FAX092(771)2546

印刷・製本　有限会社九州コンピュータ印刷

ISBN 4-87415-313-5

[定価は表紙カバーに表示]